LIBBY WIMBLEY

INSTRUCTORA DE GALLOS

por Amy Cobb ilustrado por Alexandria Neonakis

Calico Kid

An Imprint of Magic Wagon
abdobooks.com

For Mara. Thank you for sending the dragonflies. With special appreciation to Heidi for your kindness and encouragement. —AC

Para Mara. Gracias por mandarme las libélulas. Con gratitud especial a Heidi por su amabilidad y ánimo. —AC

For John, Gooby and Kitty, whose love and support make my career possible. —AN

Para John, Gooby y Kitty, cuyo amor y apoyo hacen posible mi carrera profesional. —AN

abdobooks.com

Printed in the United States of America, North Mankato, Minnesota.
092018
012019

THIS BOOK CONTAINS RECYCLED MATERIALS

Written by Amy Cobb
Translated by Brook Helen Thompson
Illustrated by Alexandria Neonakis
Edited by Heidi M.D. Elston
Art Directed by Laura Mitchell

Library of Congress Control Number: 2018953225
Publisher's Cataloging-in-Publication Data

Names: Cobb, Amy, author. | Neonakis, Alexandria, illustrator.
Title: Instructora de gallos / by Amy Cobb; illustrated by Alexandria Neonakis.
Other title: Rooster instructor. Spanish
Description: Minneapolis, Minnesota : Magic Wagon, 2019. | Series: Libby Wimbley
Summary: Libby's rooster, Doodle, doesn't crow. He peeps. So, Libby starts Rooster School just for
    Doodle. She tries everything to teach him how to crow, but he just says peep. In a huff, she cancels
    Rooster School. A few days later while catching frogs, Libby hears Doodle crow from the barn!
Identifiers: ISBN 9781532134746 (lib. bdg.) | ISBN 9781532134845 (ebook)
Subjects: LCSH: Roosters–Juvenile fiction. | School–Juvenile fiction. | Animal training–Juvenile fiction.
    | Friendship–Juvenile fiction. | Spanish language materials–Juvenile fiction.
Classification: DDC [FIC]–dc23

Tabla de Contenido

Capítulo 1

Problemas con Doodle

Libby Wimbley vivía en una granja. Vivía con su mamá y papá y hermano menor, Stewart.

En el granero, vivían tres cabras, dos vacas, un poni, unas gallinas, y un gallo llamado Doodle.

Sólo había un problema: Cada mañana, Libby escuchaba. ¡Pero Doodle nunca cacareó!

El domingo por la mañana, se posaba.

El lunes por la mañana, picoteaba hormigas.

El martes por la mañana, perseguía a las gallinas.

El miércoles por la mañana, se echaba una siestecita.

El jueves por la mañana, batía
las alas.

El viernes por la mañana, rascaba
la tierra.

Y el sábado por la mañana, se
quedaba en el gallinero hasta después
del mediodía.

—¿Por qué Doodle no cacarea cada mañana como un gallo típico? —finalmente Libby le preguntó a Papá.

—Doodle todavía es un pollito —dijo Papá—. No sabe cómo.

—Este verano, yo le enseñaré —dijo Libby.

Mamá parecía sorprendida.

—¿Le enseñarás a Doodle a cacarear?

Libby sonrío con orgullo.

—Eso es. Doodle va a ir a la escuela.
¡Escuela de gallo!

—¿Cuando? —preguntó Stewart.

—A primera hora de la mañana
—dijo Libby.

Capítulo #2

Escuela de gallo

El próximo día, Libby se despertó aún más temprano. Corrió al granero.

—Buenos días a todos —dijo Libby a todos los animales, con su mejor voz de profesora—. Es el primer día de Escuela de gallo.

Elvis, la cabra, baló bajito.

—No te preocupes, Elvis —dijo Libby—. Las cabras no van a Escuela de gallo. Sigue rumiando.

Y así lo hizo Elvis.

—¿Entonces, quién va a Escuela de gallo? —preguntó Libby.

Si los animales lo sabían, no respondieron.

—Bueno —continuó Libby—, los estudiantes de Escuela de gallo tienen plumas. Y un pico. Y patitas de pollo graciosas.

Libby miró a Doodle.

—¿Ese estudiante suena a alguien que conoces, Doodle?

Doodle erizó las plumas. *¿¡Pío!?*

—¡No, no pío! —dijo Libby—.

Los gallos cacarean, así. ¡Quiquiriquí!

Doodle ladeó la cabeza a un lado.

—¡Eso es, Doodle! —dijo Libby, con

esperanza.

Pero todo lo que dijo fue, *¿¡Pío!?*

—Repite conmigo, Doodle —dijo

Libby—. ¡Quiquiriquí!

¡Pío! dijo Doodle.

Libby incluso le mostró una imagen de un gallo.

—¿Ves? Aquí dice C-A-C-A-R-E-A-R.

Doodle picoteó el ave de papel. Pero aún no cacareó. El pico de Doodle era una tumba.

—Está bien, Doodle —dijo Libby—. Lo intentaremos de nuevo mañana.

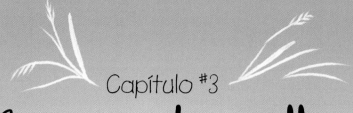

Capítulo 3

Repaso de gallo

Y así temprano a la mañana siguiente, Libby volvió al granero para Escuela de gallo.

—¿Has practicado el cacareo? —preguntó Libby.

Doodle batía las alas. *¡Pío!*

—¡No, no pío! —Libby negó con la cabeza—. Escucha esto.

Pulsó el botón de play en su reproductor de CD. Sonidos del cacareo de gallos llenaban el granero.

Doodle escuchaba como debe cualquier buen estudiante gallo. Entonces Libby pulsó el botón de stop.

—¿Ya lo tienes, Doodle? —preguntó Libby—. Ahora es tu turno.

Para entonces, había un público bastante grande. Las cabras, las vacas, el poni, y las otras gallinas se habían reunido.

Todos se juntaron alrededor de Doodle y esperaban, también.

Capítulo 4

Qui-quiri-quí-que-no

—Hoy, vamos a probar algo nuevo —dijo Libby en Escuela de gallo a la mañana siguiente.

Doodle miraba mientras Libby se pavoneaba como un gallo por el granero. Rascaba la tierra. Incluso batía los brazos en el aire como alas.

Entonces Libby se aclaró la garganta y cacareó:

—¡Quiquiriquí! ¡Quiquiriquí! ¡Quiquiriquí!

Pero a Doodle no le gustaba el cacareo para nada. Se escondió detrás de un saco de maíz.

—¡Doodle, sal de allí! —dijo Libby—. Por favor.

Y así Doodle lo hizo. *¡Pío!* él dijo.

—¡NO, NO, NO! ¡*No* pío! —Libby frunció el ceño.

Doodle miraba fijo a Libby a los ojos castaños tristes. Y Libby miraba fijo a Doodle a los ojos redondos de gallo.

¡Pío! Doodle dijo de nuevo.

—Lo siento, Doodle —dijo Libby—. ¡Escuela de galla está cancelada!

Luego entró pisando fuerte a la cocina donde Papá estaba haciendo panqueques.

—¿Qué pasa? —le preguntó, removiendo la masa.

—En cambio de qui-quiri-quí-que-sí, es más como qui-quiri-quí-que-no —dijo Libby—. ¡Doodle es el peor estudiante gallo de la historia!

—Tal vez Doodle necesite madurar un poco —dijo Papá.

Pero Libby no lo creía. Estaba bastante segura de que Doodle estaba condenado a una vida no-cacareo.

Capítulo 5

Estudiante de 5 estrellas

Unos días después, Libby y Stewart estaban capturando ranas en el estanque.

—¡Mira éste! —dijo Libby, acariciando la piel de la rana llena de bultos.

—¡Guau! —sonrió Stewart—. Él es el más grande hasta ahora.

Libby estaba a punto de dejar la rana en un tronco cuando oyó algo.

—¿Qué fue eso? —ella preguntó.

—No sé —Stewart se encogió de hombros.

—Viene del granero —dijo Libby—. Vamos a ver.

Cuando llegaron, Papá y Mamá ya estaban en el granero.

—¿Qué fue ese sonido? —preguntó Libby.

Mamá apuntó a Doodle.

—¡Escucha!

Doodle se sentó en la verja
batiendo y sacudiendo las alas.

Libby escuchaba. Stewart, también.

Entonces Doodle hinchó a su pecho.
Puso su cabeza hacia atrás y abrió su
pico. *¡Quiquiriquí!*

—¡Lo hiciste, Doodle! —Libby saltó
de alegría—. ¡Has cacareado!

Papá sonrió.

—Sabía que lo haría algún día.

Libby acarició las plumas de Doodle.

—Me equivocaba, Doodle. ¡Eres el mejor estudiante gallo de la historia! —ella pausó—. Pero, tienes que volver a Escuela de gallo.

—¿Por qué será? —preguntó Mamá.

—Porque no es la mañana —suspiró Libby—. ¡Ahora tengo que enseñarle a Doodle a decir la hora!